Peppa juega fútbol

Originally published in English as *Peppa Pig: Peppa Plays Soccer* by Entertainment One and Ladybird Books, A Penguin Company.

Translated by Eida de la Vega

Published by arrangement with Entertainment One and Ladybird Books, A Penguin Company. This book is based on the TV series *Peppa Pig*. *Peppa Pig* is created by Neville Astley and Mark Baker. Peppa Pig © Astley Baker Davies/Entertainment One UK Limited 2003.

ISBN 978-1-338-11442-3

10 9 8 7 6 5 4 3
Printed in the U.S.A.

18 19 20 21
40

First Scholastic Spanish printing, 2017
www.peppapig.com

SCHOLASTIC INC.

Es un día soleado. La cerdita Peppa y la oveja Suzy juegan al tenis mientras George las mira.

—¡Allá va, Suzy! —dice Peppa golpeando la pelota.

—¡Allá va, Peppa! —dice Suzy, lanzando la pelota por encima de la cabeza de Peppa. ¡Ay!

—¡Buaaaa! —llora George porque quiere jugar.

—Lo siento, George —dice Peppa—. No puedes jugar al tenis. Solo tenemos dos raquetas.

—¡George puede ser el atrapapelotas! —dice Suzy.

—Ser el atrapapelotas es un trabajo muy importante, George —dice Peppa.

Peppa y Suzy se divierten, pero la pelota se les escapa a menudo.

—¡Atrapapelotas! —gritan las dos.

—¡Uf, uf! —jadea George, que no se está divirtiendo porque no para de correr.

En ese momento, llegan más amigos de Peppa.

—Hola a todos —dice Peppa—. Estamos jugando al tenis.

—¿Podemos jugar también? —dice el perro Danny.

—No hay suficientes raquetas para todos —replica la oveja Suzy.

—Entonces vamos a jugar al fútbol —dice el perro Danny.
—¡Fútbol! ¡Hurra! —gritan todos.

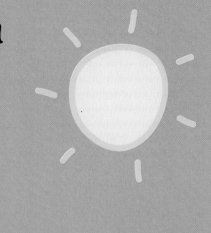

—Podemos jugar las chicas contra los chicos —dice Peppa.

—Cada equipo necesita un portero —dice el perro Danny.

—¡Yo, yo! —grita el poni Pedro.

—¡Yo, yo! —grita la coneja Rebecca.

El poni Pedro y la coneja Rebecca son los porteros.

—¡Empieza el equipo de los chicos! —dice el perro Danny.

El conejo Richard tiene el balón y corre muy rápido, pasa junto a la cerdita Peppa, la oveja Suzy y la gata Candy, directo a...

—¡GOL! —gritan Danny y Pedro al ver que el conejo Richard patea el balón y que éste sobrepasa a la coneja Rebecca y entra en la portería.

—¡Ese chico es un campeón! —aplaude Danny.

—No es justo; no estábamos listas —se queja Peppa.

La coneja Rebecca recoge el balón y corre.

—¡Oye! —grita el perro Danny—. ¡Eso es trampa! No puedes correr con el balón en la mano.

—¡Claro que puedo! —dice Rebecca—. Soy la portera.

Rebecca lanza el balón a la portería y el poni Pedro no lo puede atajar.

—¡GOL! —grita Rebecca.

—¡Ese gol no vale! —dice Pedro.

—Sí vale —dice Peppa.

—No, no vale —ladra Danny.

Papá Cerdo sale para ver qué sucede.

—Cuánto ruido —resopla—. Yo seré el árbitro.

¡El equipo que anote el próximo gol gana!

El conejo Richard y George corren con el balón mientras los demás hablan.

—¿Dónde está el balón? —pregunta Peppa mirando alrededor.

¡Pero es demasiado tarde! El conejo Richard patea el balón directo a la portería. El poni Pedro no lo ⬚⬚⬚⬚⬚ r.

—¡Hurra! ¡⬚⬚⬚⬚⬚⬚⬚⬚ —grita Danny.

—El fútbol es un juego tonto —dice Peppa decepcionada.

—Un momento —dice Papá Cerdo—. Los chicos anotaron en su propia portería. ¡Eso significa que las chicas ganan!

—¿De verdad? —dicen las chicas—. ¡Hurra!

—¡El fútbol es un juego fantástico! —grita Peppa. ¡Todas las chicas están de acuerdo!